BIBLIOTECA ESCOLAR
**CLÁSICOS**
CONTADOS A LOS NIÑOS

# El Quijote
# contado a los niños

**edebé**

Proyecto y dirección: EDEBÉ

Adaptación del texto: Rosa Navarro Durán
Ilustraciones: Francesc Rovira
Dirección editorial: Reina Duarte
Diseño: Joaquín Monclús

*14.ª edición*

© Edición cast.: edebé, 2007
Paseo de San Juan Bosco, 62
08017 Barcelona
www.edebe.com

Atención al cliente 902 44 44 41
contacta@edebe.net

ISBN 978-83-236-8458-8
Depósito Legal: B. 115-2011
Impreso en España
Printed in Spain

BIBLIOTECA ESCOLAR
CLÁSICOS
CONTADOS A LOS NIÑOS

# El Quijote contado a los niños

por Rosa Navarro Durán
con ilustraciones de Francesc Rovira

**edebé**

# DON QUIJOTE DE LA MANCHA

En una aldea de la Mancha, de cuyo nombre no quiero acordarme, vivía —no hace mucho tiempo— un hidalgo de mediana edad. Tendría unos cincuenta años. Era delgado, sus piernas eran largas y flacas, y su cara seca. Le gustaba madrugar e ir de caza.

Unos dicen que se llamaba «Quijada» o «Quesada», y otros «Quijana». Pero esto importa poco a nuestra historia.

Se pasaba las horas leyendo libros de caballerías, hasta tal punto que dejó de cazar. Ya no le interesaba más que leer esas historias apasionantes. Incluso vendió tierras para comprarse más libros.

*Se pasaba las horas*
*leyendo libros de caballerías*

Leía día y noche las aventuras fantásticas que vivían los caballeros de esos libros y acabó creyendo que todas eran ciertas: que había gigantes y encantadores, desafíos y batallas. Odiaba a los malos y admiraba a los valientes.

Y tanto se metió en esos libros maravillosos que decidió hacerse caballero andante como sus personajes, para conseguir fama y ayudar a la gente.

Pero para ser caballero andante necesitaba tres cosas: armas, caballo y una dama a quien servir.

Encontró en su casa las armas de sus bisabuelos. Estaban llenas de moho, pero él las limpió. Entonces se dio cuenta de que le faltaba un casco que le cubriera la cabeza. Lo hizo de cartón y, para probar si era fuerte, le dio dos golpes con la espada. Y claro, ¡lo rompió! De tal manera que hizo otro con barras de hierro por dentro, pero no lo probó de nuevo, por si se le volvía a romper. Fue a ver a su caballo, que sólo tenía piel y huesos, y decidió que debía ponerle un nombre adecuado a su nuevo oficio. Cuatro días tardó en encontrar el de «Rocinante», que le pareció que era un nombre significativo: así todo el

mundo sabría que había sido antes rocín y que ahora era el primer rocín del mundo. Se pasó luego ocho días buscándose a sí mismo nombre de caballero, hasta que encontró el de «don Quijote de la Mancha», porque un «quijote» —palabra cercana a su apellido— es una pieza de la armadura del caballero que protege el muslo. Y como él era de la Mancha, lo añadió a su nombre, como solían hacerlo los héroes de los libros de caballería. Uno de sus modelos, el gran Amadís, se llamaba «de Gaula» para hacer famosa su patria. Él haría lo mismo.

Tenía ya armas, caballo y nombre, pero se dio cuenta de que le faltaba algo esencial: una dama a quien amar. Porque cuando él venciese a gigantes o a caballeros, como solía ocurrir —pensaba—, tendría que mandarlos a su dama para que se pusieran a sus pies y le contaran cómo los había vencido el gran don Quijote de la Mancha.

De pronto se acordó de que durante un tiempo anduvo enamorado de una labradora de un pueblo vecino. Se llamaba Aldonza Lorenzo. ¡Ya tenía dama en quien pensar!

Tan sólo debía también ponerle un nombre adecuado, de

princesa y gran señora. Y pensando, pensando, encontró el de
Dulcinea del Toboso, porque algo se podría parecer —aunque
de lejos— al de Aldonza, y ella era del Toboso.

# DON QUIJOTE, ARMADO CABALLERO

Una mañana del mes de julio, muy temprano, sin decir nada a su sobrina y a su ama, que vivían con él y le cuidaban, se puso las armas. Luego se subió sobre Rocinante, cogió la lanza y salió por la puerta del corral al campo.

Empezó a andar, contentísimo de lo fácil que le había sido convertirse en caballero andante. Hasta que, de pronto, se dio cuenta, espantado, de que no lo era, porque no había sido armado caballero. Eso quería decir que no podría luchar contra los que le iban a salir al paso.

Fue tal su disgusto que estuvo a punto de renunciar a su empresa. Sin embargo, decidió armarse caballero en la primera

ocasión que tuviera, como había visto que pasaba en los libros.

Caminó todo aquel día sin que nada le sucediera, cosa que le hizo desesperar. Él estaba impaciente por demostrar lo valiente y fuerte que era.

Al anochecer, caballo y caballero estaban muertos de cansancio y de hambre.

De pronto, no lejos del camino, don Quijote vio una venta, aunque a él le pareció que era un castillo, como los que salían en los libros que llevaba en la cabeza. Se imaginó —o mejor dicho, en su cabeza vio— que la venta tenía torres, almenas, puente levadizo y foso. Y estuvo esperando cerca del imaginario castillo a que un enano tocara una trompeta desde la almena, anunciando que acababa de llegar un caballero.

Por casualidad, un porquero, que andaba cerca recogiendo sus cerdos, tocó un cuerno, y a don Quijote le sonó igual que la señal esperada. Entonces, se dispuso a entrar en el castillo.

¡Cuál fue el susto que se llevaron al verlo unas mozas que estaban en la puerta del mesón! Él quiso tranquilizarlas y empezó a hablar como en los libros:

—¡Non fuyan las vuestras mercedes…!

Ellas, al oírlo y ver el aspecto que tenía, pasaron del miedo a la risa, cosa que empezó a enfadar a don Quijote.

Menos mal que salió enseguida el ventero. Al ver la figura del caballero, imaginó que no debía de estar muy cuerdo. Por eso le ofreció posada con buenas palabras.

A don Quijote le pareció el señor del castillo y aceptó gustoso su invitación.

Las mujeres le ayudaron a desarmarse, pero no pudieron quitarle el casco, porque lo tenía atado con cintas verdes y fuertes nudos, y él no quiso que las cortaran.

Como él tenía que sostenerse la visera, sólo pudo comer con su ayuda: ellas le ponían la comida en la boca. Beber fue más complicado: necesitó una caña que el ventero agujereó.

Y dado que a él le parecía que comía en un castillo y le ayudaban bellas doncellas, decidió que ése era el lugar adecuado para armarse caballero. Y así se lo pidió al señor del castillo.

El ventero, que era aficionado a los libros de caballerías, aceptó hacerlo.

Pasó la noche velando las armas. Las puso sobre una pila de agua que había junto a un pozo. Y con su lanza y su escudo, empezó a pasear delante de la pila.

Era ya noche cerrada, pero lucía luna llena.

A uno de los arrieros que se alojaban en la venta se le ocurrió dar de beber a sus mulas. Para ello, ni corto ni perezoso, se dispuso a quitar las armas que cubrían la pila.

Don Quijote, al ver su osadía, le advirtió amenazador:

—¡Oh, tú, quienquiera que seas, atrevido caballero, que llegas a tocar las armas del más valeroso andante! ¡Mira lo que haces y no las toques, si no quieres dejar la vida en pago de tu atrevimiento!

Cuando el arriero, sin hacerle caso, las tiró al suelo, el caballero le dio con la lanza un fuerte golpe en la cabeza.

*...le dio con la lanza un
fuerte golpe en la cabeza*

A las voces del herido, acudieron los otros arrieros y empezaron a tirarle piedras desde lejos. Don Quijote intentó resguardarse, pero sin alejarse de las armas.

El ventero gritaba diciendo que le dejaran, que estaba loco. El caballero los llamaba traidores y decía del ventero que era

un mal nacido señor, porque permitía que tratasen así a los caballeros andantes.

Viendo todo el jaleo, el ventero decidió que la ceremonia de armarlo caballero se hiciese cuanto antes, para que su venta quedara libre de tal loco y de todos los líos que causaba.

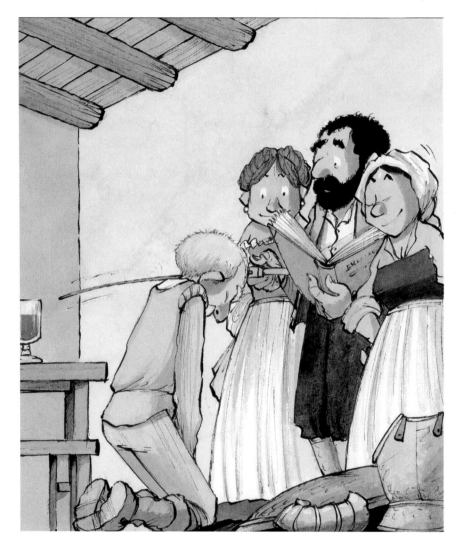

Primero hizo poner de rodillas a don Quijote. Luego cogió el libro en donde anotaba el gasto de paja y cebada y, murmurando entre dientes, como si rezara, le dio el espaldarazo, o sea, el golpe con la espada. Una de las mozas le ciñó el arma; y otra, la espuela.

Y don Quijote quedó convencido de que el dueño del castillo y dos doncellas lo habían armado caballero. Así que, contentísimo, se subió a Rocinante para ir en busca de aventuras.

# UN DESAFÍO NUNCA VISTO

Ya tenemos a don Quijote como flamante caballero andante.

Cabalgando, llegó a una encrucijada, donde el camino se dividía en cuatro, y dejó a Rocinante que escogiese el que quisiera, porque había leído en los libros que así lo hacían los caballeros.

A unos cuatro kilómetros, vio venir a un montón de gente. Eran seis mercaderes toledanos que iban a comprar seda a Murcia con sus criados. Llevaban sombrillas para protegerse del sol. Mas don Quijote creyó que eran caballeros andantes y los desafió al modo de los libros de caballerías:

—Todo el mundo se detenga, si todo el mundo no confiesa

*Llevaban sombrillas
para protegerse del sol*

que no hay en el mundo doncella más hermosa que la empera-
triz de la Mancha, la sin par Dulcinea del Toboso.

Los mercaderes, al ver tal extraña figura y tan extraño discurso, se quedaron primero asombrados, pero luego le siguieron la corriente como a un loco.

Acabaron diciendo:

—Tranquilo, señor, que estamos dispuestos a afirmar que
Dulcinea es la dama más bella, y lo haríamos así aunque fuese
tuerta de un ojo.

Don Quijote, furioso por el insulto a su señora, se dispuso a
atacar con su lanza, con tan mala fortuna que Rocinante trope-
zó, y él y su amo se cayeron.

Quiso levantarse don Quijote, mas no pudo por el peso de
las armas que llevaba. No le quedó más remedio que amena-
zarlos:

—Non fuyáis, gente cobarde. Gente cautiva, atended: que
no por culpa mía, sino de mi caballo, estoy aquí tendido.

Un mozo de mulas cogió la lanza y se la rompió en las costillas. Y encima le dio un montón de palos.

*...cogió la lanza y se la
rompió en las costillas*

Cuando todos se marcharon, en medio del camino quedó nuestro valiente caballero andante sin poderse mover.

Así lo encontró, por suerte, un labrador de su pueblo. Éste le quitó las armas y le ayudó a subir a su asno, mientras cargaba a Rocinante con las viejas armas del caballero.

Don Quijote, imaginando que estaba viviendo una aventura de libro, le confundió con un tal Rodrigo de Narváez. Cuando su vecino intentó corregirlo, diciéndole que se llamaba Pedro Alonso, y que él no era el moro Abindarráez, como afirmaba, sino el señor Quijana, don Quijote le replicó:

—Yo sé quién soy, y sé que puedo ser los doce Pares de Francia y aun todos los nueve de la Fama, porque mis hazañas serán mucho mayores.

# LA LAMENTABLE VUELTA A CASA

Así vieron llegar al molido don Quijote, sobre un asno, el ama y la sobrina, y el barbero y el cura del pueblo, que eran muy amigos suyos.

Habían estado todos muy preocupados al no saber nada de él. Las dos mujeres echaban la culpa a los libros de caballerías que todo el día leía el hidalgo.

Lo llevaron a la cama, mientras él afirmaba que estaba molido por haberse caído de Rocinante cuando peleaba con diez gigantes. Pidió comida y que le dejasen descansar.

Así lo hicieron.

Al día siguiente, ama, sobrina, cura y barbero miraron uno a uno los libros que tenía en su biblioteca y echaron la mayoría a una hoguera que hicieron en el corral. Luego tapiaron el aposento.

Cuando, a los dos días, don Quijote se levantó y fue a ver sus libros, no encontró ni la puerta. Ésa era la ocasión que sus amigos esperaban. Entonces le convencieron de que todo había sido cosa de uno de los encantadores que le perseguía.

—Vino subido en una serpiente y se fue por el tejado, dejando la casa llena de humo —explicaron el cura y el barbero.

El buen caballero quedó pues convencido de que el mago Frestón había hecho desaparecer su tesoro, esos libros que le hacían vivir en otra realidad.

¡Menos mal que él tenía mucha memoria y recordaba todo lo que había leído!

Quince días pasaron y todo volvió a la calma en aquella casa. Todos creían que se había curado de su locura.

Pero él había estado hablando con un labrador, vecino suyo, llamado Sancho Panza, para que le sirviera de escudero.

... *miraron uno a uno los libros que tenía en*
*su biblioteca y echaron la mayoría a una hoguera*

Le convenció diciéndole que, como era muy probable que en alguna aventura ganase una ínsula, le dejaría a él como gobernador.

El pobre labrador, ante tales maravillas, se comprometió a ser su escudero e ir con él en busca de aventuras sin decir nada a su mujer y a sus dos hijos.

Por fin, una noche salieron los dos, sin despedirse de nadie: el señor sobre Rocinante, y Sancho Panza sobre su asno, con las alforjas llenas de comida y una bota de vino.

Caminaron para que el amanecer los cogiera muy lejos de sus casas. Y así fue.

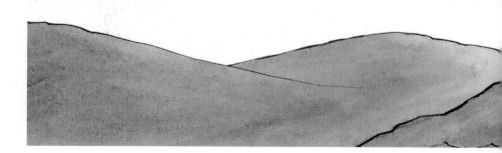

*...era muy probable que en*
*alguna aventura ganase una ínsula*

# LA ESPANTABLE AVENTURA DE LOS MOLINOS DE VIENTO

Iban los dos hablando de islas por el campo de Montiel, cuando se dibujaron en el horizonte treinta o cuarenta molinos de viento. Don Quijote, en cuanto los vio, le dijo a Sancho que iba a emprender una dura batalla contra esos treinta o pocos más desaforados gigantes.

Su escudero le preguntó:

—¿Qué gigantes?

Y don Quijote, señalando los molinos, le dijo:

—Aquellos que allí ves, gigantes de brazos largos, porque algunos los suelen tener de casi un kilómetro.

*...se dibujaron en el horizonte
treinta o cuarenta molinos de viento*

Sancho intentó convencerle de que no eran gigantes, sino molinos, y que lo que él creía brazos eran las aspas.

Pero don Quijote le dijo que no sabía de aventuras y que eran gigantes, y gigantes de brazos largos. Que si tenía miedo, que se apartara; que él iba a entrar ya en batalla.

Y dicho y hecho: se lanzó contra ellos sin hacer caso de las voces de Sancho, que le gritaba.

En esto, se levantó un poco de viento, y las grandes aspas de los molinos empezaron a moverse. Don Quijote, creyendo que lo atacaban, les dijo:

—Aunque mováis más brazos que los del gigante Briareo, me lo habéis de pagar.

*...que eran gigantes,*
*y gigantes de brazos largos*

Y a todo galope de Rocinante, atacó con su lanza al primero que encontró.

El aspa, movida en ese momento por el viento, dejó su lanza hecha pedazos, y al caballo y al caballero por el suelo.

Sancho fue corriendo a ayudar a su amo, diciéndole:

—¿No le dije yo que eran molinos de viento?

Y don Quijote, que apenas podía moverse, le aclaró que era cosa de los encantadores. Sin duda el sabio Frestón, que le había hecho desaparecer los libros, era quien había convertido a los gigantes en molinos. Y que contra esto, nada podía la fuerza de su brazo ni de su espada.

# LLUVIA  DE PALOS

Después de que Sancho le ayudase a subir de nuevo sobre Rocinante, siguieron su camino en busca de nuevas aventuras. Enseguida vendrían éstas a su encuentro.

Esta vez sería precisamente Rocinante el culpable de una nueva batalla. Porque, mientras caballero y escudero comían sentados en un prado, dejaron sueltos al asno y al caballo.

Rocinante se acercó a unas yeguas de unos arrieros que estaban en un prado vecino, y sus dueños, viendo que el macho se acercaba a las hembras, le dieron tantos palos que lo dejaron tumbado en el suelo.

*...le dieron tantos palos
que lo dejaron tumbado*

Don Quijote, al verlo, sacó su espada y atacó sin miedo alguno a los más de veinte arrieros. Incluso llegó a darle una cuchillada a uno de ellos que le desgarró el vestido.

Naturalmente, los otros reaccionaron. Al verse atacados, los arrieros empezaron una lluvia de palos que dejó en el suelo molidos a caballero y escudero. Y después se fueron a toda prisa con sus yeguas, mientras don Quijote y Sancho no podían ni hablar ni moverse.

Poco a poco, señor y escudero se fueron recobrando.

Don Quijote juró que nunca más se enfrentaría con gente villana, que él tenía sólo que luchar contra caballeros.

Sancho se levantó. Con treinta ¡ay!, sesenta suspiros y ciento veinte maldiciones, lentamente fue enderezando su espalda. Alzó luego a su señor, a Rocinante, y ayudó a subir al molido don Quijote sobre su asno. El caballo había salido tan mal parado que no hubiera resistido el peso del caballero y de sus armas.

Apenas habían andado unos metros cuando vieron a lo lejos una venta. ¡Y dale! Don Quijote insistió otra vez que era un castillo, y no pudo el desesperado Sancho convencerle de lo contrario.

A ella se dirigieron.

# UNA EXTRAÑA VISITA NOCTURNA

Sancho contó al ventero que su señor se había caído y que a él, de verle, le dolían también las costillas.

La ventera y su bella hija curaron el cuerpo del magullado caballero; y la fea moza Maritornes, el del dolorido escudero.

Le pusieron a don Quijote un camastro en un aposento que había sido establo, y allá se fue a acostar; y Sancho, junto a él, en una estera. Dormía también allí un arriero.

Estaba toda la venta en silencio. Todos dormían menos don Quijote y el arriero. Éste estaba esperando a su amiga Maritornes. Don Quijote, por su parte, pensaba en su mundo, en el castillo, en el señor del castillo y en la bella hija del señor…

Y dio en imaginar que ella se había enamorado de él y que, a escondidas de sus padres, iría a verle esa noche. El caballero entre sí juraba y perjuraba que no iba a hacer caso a tan hermosa dama, porque era absolutamente fiel a su señora Dulcinea del Toboso.

Estaba pensando estos disparates cuando Maritornes, a oscuras y sin hacer ruido, entró en el aposento donde dormían. Apenas llegó a la puerta cuando don Quijote, que estaba atentísimo, la oyó.

Creyendo que era la hermosa doncella, tendió los brazos para recibirla. Maritornes, que iba con las manos delante buscando al arriero, se encontró con los brazos de don Quijote. El caballero le cogió con fuerza de la muñeca y la hizo sentar en la cama.

Le tocó la camisa, y aunque era de arpillera, le pareció que era de tela finísima. Los cabellos ásperos de la moza le parecieron suavísimos. Su aliento, que olía a cebolla, fue para él aroma dulcísimo. Y en voz baja y amorosa, empezó a hablarle:

—Fermosa y alta señora… —y le dio mil gracias por haberle ido a visitar, pero le dijo que estaba enamorado de la sin par Dulcinea del Toboso.

Maritornes no entendía nada. Sudando, intentaba en vano desasirse.

El arriero, que no había perdido detalle y que no sabía qué pasaba, se acercó sin hacer ruido a la cama de don Quijote. Y claro, al notar que su moza luchaba por irse, le dio un terrible puñetazo al caballero que le llenó de sangre la boca. No contento con eso, se le subió encima de las costillas pisoteándole.

La cama no pudo aguantar ni tal movimiento ni tal peso y se hundió con gran estruendo.

Al ruido llegó el ventero llamando a gritos a Maritornes.

Ésta se escondió en la cama de Sancho y allí se acurrucó hecha un ovillo. Sancho, que estaba durmiendo, se despertó; y al notar el bulto, creyó que era una pesadilla que le oprimía el pecho y le empezó a dar puñetazos. Maritornes, al recibir los golpes, no se quedó atrás y los devolvió.

Con la luz del candil del ventero, el arriero vio los apuros de su novia y fue a ayudarla. Hasta el ventero entró también en la pelea.

El arriero le daba a Sancho. Sancho pegaba a la moza y la moza a él. El ventero zurraba a la moza… Y de pronto, con el aire, se apagó la luz. A oscuras, todos daban a todos.

Un guardián de la Santa Hermandad, que estaba también en la venta casualmente, al oír el estruendo, entró a oscuras en el aposento gritando:

—¡Deténganse ante la justicia!

Con la confusión, lo primero que tocó fue el cuerpo sin sentido de don Quijote. Le cogió de las barbas y, al ver que no se movía, creyó que estaba muerto. Así que empezó a chillar más fuerte:

—¡Cierren la puerta de la venta! ¡Miren no se vaya nadie, que aquí han matado a un hombre!

Al oírle, todos se asustaron. Dejaron de golpearse y se fueron rápidamente a su sitio; menos Sancho y don Quijote, que, con tal paliza, no se pudieron mover de donde estaban.

Poco a poco volvió en sí don Quijote.

Cuando se quedaron solos, contó a Sancho su interpretación de tan extraña aventura.

Según él, le había ido a ver la hermosa hija del señor del

castillo. Estando hablando con ella, un brazo de un gigante inmenso le había dado tal puñetazo en la boca que se la había llenado de sangre. Después le había molido las costillas de tal forma que no podía ni moverse. Estaba seguro de que el guardián de la doncella debía de ser un inmenso moro encantado. ¡En fin, ella no estaba destinada a sus brazos!

Sancho, tan molido como su señor, le dijo que a él le había ido mucho peor, porque no había visto a doncella alguna. Sólo le habían aporreado más de cuatrocientos moros.

Don Quijote le contestó que no se preocupara, que él haría el bálsamo con el que los caballeros andantes se curaban. Había leído que a veces en sus aventuras los partían por la mitad y con el bálsamo los pegaban. Sólo necesitaba un poco de aceite, vino, sal y romero.

Sancho fue a pedir los ingredientes. Don Quijote lo mezcló todo y lo coció un buen rato. Luego lo bendijo con cruces y padrenuestros, y se bebió un buen trago.

Apenas lo había hecho, empezó a vomitarlo todo y a sudar hasta quedar empapado. Pidió que lo arroparan y que lo dejaran solo.

Después de pasarse tres horas durmiendo, se levantó mucho mejor. Le dolía menos el cuerpo, y así creyó que había dado con la fórmula del maravilloso bálsamo de Fierabrás.

Sancho, al verlo, bebió casi todo lo que quedaba del brebaje; pero en él no tuvo el mismo efecto. En lugar de vomitar, empezó a sudar, a tener náuseas, y a perder el sentido, de tal suerte que creyó que de verdad se moría.

—Esto te habrá pasado —le dijo su señor— porque no eres caballero andante y el licor sólo nos cura a nosotros.

Tras estar vomitando por fin casi dos horas, el humilde Sancho quedó más molido que antes y escarmentado de las cosas de los caballeros.

# SANCHO POR LOS AIRES

Don Quijote decidió que un caballero andante no podía estar más tiempo sin hacer nada y decidió marcharse en busca de aventuras.

Cuando el ventero le pidió el pago del hospedaje, le dijo que él sabía que había estado en un castillo y no en una venta. Además, nunca había leído que los caballeros andantes pagaran nada en ningún lugar donde estuvieran. Según las leyes de la caballería, se les tenía que acoger siempre por el bien que hacían a todos.

El ventero no reconocía a caballeros andantes en el momento de cobrar, e insistía en que le pagara, cada vez más enfada-

do. Don Quijote, llamándole «mal hostalero», espoleó a Rocinante y salió de la venta.

Sancho, al ver que su amo no pagaba, tampoco quiso hacerlo y corrió tras él. Sin embargo, otros huéspedes de la venta lo cogieron, lo pusieron en una manta y lo levantaron una y otra vez en alto en el corral.

Las voces de Sancho eran tantas que las oyó su señor, que iba a toda velocidad alejándose del que creía castillo, y retrocedió. Como encontró la puerta de la venta cerrada, dio la vuelta a la casa para ver si encontraba por dónde entrar. Así vio, por encima de las paredes del corral, subir y bajar a su pobre escudero Sancho.

Como estaba tan molido, no podía hacer nada más que gritar insultando a los que manteaban a su escudero. Éstos, al oírle, se rieron más y lanzaron más al aire al molido Sancho. Hasta que por fin, lo dejaron.

El pobre Sancho pidió algo para beber, y la compasiva Maritornes le dio un poco de vino. Con ello cogió fuerzas para subirse a su asno y salir todo lo deprisa que pudo por la puerta que le abrieron.

Sancho llegó, medio desmayado, donde le estaba esperando su señor. No podía ni dar prisa a su asno.

Según don Quijote, acababan de escapar de un castillo en-

cantado, porque él intentó subir por las paredes para ayudarle y no pudo.

Sancho le replicó que, si hubiera podido, también se hubiera defendido él. No obstante, él no creía haber luchado contra fantasmas. No eran hombres encantados, porque tenían nombres muy corrientes. Uno de los que le mantearon se llamaba Pedro Martínez, y el ventero, Juan Palomeque el Zurdo. Y dijo que sería mejor que abandonaran las aventuras y se volvieran a su casa en lugar de andar de aquí para allá.

Don Quijote le pidió paciencia y le prometió que llegarían pronto el triunfo, los honores y las riquezas.

# LOS DOS ESPANTOSOS EJÉRCITOS

Enseguida le pareció que todo ello venía a su encuentro, porque vio acercarse por el camino una gran polvareda.

—¿Ves aquella polvareda que se levanta a lo lejos, Sancho? —le dijo a su escudero—. Es un enorme ejército que viene por allí marchando.

Sancho, viendo que por la parte contraria aparecía otra gran polvareda, le dijo que debían de ser dos. Y, en efecto, cuando lo vio don Quijote, pensó que eran dos ejércitos que iban a combatir en medio de aquella llanura. Porque los libros que tanto le gustaban estaban llenos de batallas, encantamientos y sucesos.

Él, como caballero andante, tenía que apoyar a los necesitados y desvalidos. Y empezó a decirle a Sancho los nombres de los capitanes de los dos ejércitos. Según él, uno lo mandaba el gran emperador Alifanfarón, señor de la gran isla Trapobana. El otro lo guiaba el rey cristiano de los garamantas, Pentapolín del Arremangado Brazo, que tenía una hija bellísima con quien quería casarse el pagano Alifanfarón; pero él no quería dársela a menos que se hiciera cristiano.

Sancho ya quería entrar en la lucha para apoyar al buen rey Pentapolín, pero don Quijote le dijo que era mejor que vieran la batalla desde un montecillo.

Desde allí empezó a nombrarle todos los caballeros de los dos ejércitos: entre unos estaba el gigante Brandabarbarán de Boliche, señor de las tres Arabias, y entre los otros, Timonel de Carcajona, príncipe de la Nueva Vizcaya, enamorado de la sin par Miulina, hija del duque Alfeñiquén del Algarbe. Por eso tenía pintado en su escudo un gato de oro con una letra que decía «Miau».

Sancho le escuchaba embobado, pero no veía nada a pesar

de sus esfuerzos, y se lo dijo. Tampoco oía los relinchos de los caballos ni los clarines y tambores que le decía su señor, sólo muchos balidos de ovejas y carneros.

Y así era, porque ya se acercaban los dos rebaños, que no eran otra cosa las polvaredas.

—El miedo que tienes, Sancho, no te deja ver ni oír nada —dijo don Quijote.

Y después de explicarle a su escudero cómo el miedo hace ver cosas que no hay, le dijo que le esperara, que él iba a entrar en batalla.

Espoleando a Rocinante, bajó como un rayo la cuesta y se lanzó contra los ejércitos. Mientras, un desesperado Sancho, que ya veía con claridad los rebaños, le gritaba que se parara, que iba a atacar carneros y ovejas. Y así fue.

Empezó a dar lanzadas contra los rebaños. Los pastores le chillaban que no hiciera eso y comenzaron a tirarle con furia cuantas piedras podían.

Una le sepultó dos costillas y, ante el dolor, bebió un trago del poco bálsamo que aún le quedaba. Otra le rompió el frasco

*Los pastores comenzaron
a tirarle cuantas piedras podían*

donde lo llevaba y tres o cuatro dientes. Al final, cayó derribado del caballo.

Los pastores huyeron con mucha prisa creyendo que lo habían matado.

A él llegó un desesperado Sancho diciéndole que se diera
cuenta de la verdad de sus palabras: que eran manadas de carneros y no ejércitos.

Don Quijote le explicó que no era lo que veía. Que otra vez
los encantadores lo habían cambiado todo. Que fuera detrás de
ellos y vería cómo al poco volvían a ser hombres. Pero, como le
dolía tanto la boca, pensó que era mejor que mirara cuántos
dientes le habían roto.

Sancho, para verlo, casi le metió los ojos en la boca, justo en
el momento en que el bálsamo hizo su efecto. Y don Quijote
vomitó todo lo que tenía en el estómago en las barbas del escudero.

Éste, al ver el color rojizo, creyó que era sangre y que se le
moría su señor en los brazos, hasta que se dio cuenta de qué
era y le dio tanto asco que él también vomitó encima del caba-

llero todo lo que pudo. ¡Vamos, que ambos quedaron como de perlas!

Sancho, al ir a buscar en sus alforjas algo para limpiarse, se dio cuenta de que no las tenía: se las habían robado en la venta. Su desesperación fue total.

Sin embargo, don Quijote aceptaba todas las calamidades como hechos de la vida de caballero andante. Incluso le consoló diciendo que todas esas borrascas anunciaban que pronto saldría el sol para ellos y que estaban ya a punto de llegar el buen tiempo, los reinos y las riquezas.

Quiso saber, por fin, cuántas muelas y dientes le faltaban en el lado derecho, porque le dolía mucho. De las cuatro que él dijo tener abajo, no le quedaban más que dos y media, y arriba, ninguna. Su disgusto fue grande, porque decía que una boca sin muelas es como un molino sin piedra.

Mas como nada se podía hacer contra las desdichas de batallas y encantadores, siguieron caminando.

# UNA LARGA NOCHE LLENA DE EXTRAÑOS Y HORRIBLES RUIDOS

Llegaron a un prado con mucha hierba. Sancho le dijo a su señor que cerca tenía que haber por fuerza agua donde pudieran beber. Estaban muertos de sed. Era de noche ya y no podían ver nada, pero oyeron de pronto un gran ruido de agua que se despeñaba.

Se pararon a escuchar y oyeron también unos extraños golpes a compás, con crujir de hierros y cadenas. El miedo que le entró a Sancho fue inmenso.

Al contrario le ocurrió a don Quijote. Viendo que estaba de-

lante de alguna aventura espantosa, cogió su escudo y su lanza e iba ya a enfrentarse con todos los gigantes del mundo cuando le dijo a Sancho que le esperara sólo tres días. Si no volvía, es que había muerto en la batalla.

Sancho, al ver la decisión de su señor y que él iba a quedarse solo en medio de la oscuridad y rodeado de espantosos fantasmas, decidió atar con la cuerda de su asno las patas de Rocinante, de forma que no podía moverse sino a saltos.

Ante el extraño suceso, don Quijote no tuvo más remedio que esperar a que se hiciera de día. Y lo hizo sin descabalgar,

para estar dispuesto al ataque. Sancho, muerto de miedo, se abrazó a la pierna de su señor.

Pasaron la noche hablando.

Cerca ya del amanecer, a Sancho le entraron ganas de hacer sus necesidades. Como tenía tanto miedo, no quería separarse de su amo por temor a que lo cogieran los seres misteriosos que estaban en la oscuridad. Se bajó los calzones y lo hizo allí mismo, como pudo, aunque con cierto ruido.

Don Quijote, oyéndolo, dijo:

—¿Qué rumor es ése, Sancho?

—No sé, señor —respondió él— . Alguna cosa nueva debe de ser, que las aventuras y desventuras nunca comienzan por poco.

Pero el olfato de don Quijote le dio la solución al problema y le dijo a Sancho:

—Paréceme, Sancho, que tienes mucho miedo.

Y así era, en efecto.

Don Quijote se tapó las narices, y siguieron los dos en el mismo sitio hasta que amaneció.

Sancho entonces desató las patas de Rocinante. El caballero vio que su caballo podía ya moverse libremente y creyó que era buena señal para emprender su aventura.

Se despidió de nuevo de Sancho diciéndole cómo tenía que ir a contárselo a Dulcinea si él no volvía. Y empezó a caminar hacia la parte de donde venía el espantoso ruido.

Sancho le seguía, aunque el pavor le aumentaba a medida que se acercaban al estruendo.

Iban avanzando paso a paso, y de pronto vieron lo que causaba el espantoso ruido: ¡eran seis mazos con los que apelmazan los paños aprovechando la fuerza del agua!

La risa de Sancho fue tan grande que se olvidó de todas sus penas.

# EL MARAVILLOSO YELMO DE MAMBRINO

En esto empezó a llover, y siguieron camino por ver si encontraban algún lugar donde guarecerse.

De allí a poco don Quijote descubrió un hombre a caballo que traía en la cabeza algo que brillaba como si fuera de oro. Y, muy contento, le dijo a Sancho que la fortuna abría su mano. Porque el hombre que se les acercaba traía en su cabeza nada menos que el maravilloso yelmo de Mambrino, que él tanto deseaba tener. Y se propuso conseguirlo.

—¡Defiéndete o entrégame lo que con tanta razón se me debe! —gritaba.

El hombre era en realidad un barbero. Y el yelmo no era

sino el recipiente en el que lavaba las barbas de sus clientes. A esa vasija se le llamaba bacía y era de latón. El barbero se la había puesto en la cabeza para que la lluvia no le estropeara el sombrero.

Pues bien, cuando el pobre barbero vio llegar la extraña figura de don Quijote apuntándole con su lanza y chillándole, se dejó caer del asno y empezó a correr tanto como le dejaron sus piernas. Abandonó bacía, asno y albardas.

Contentísimo, don Quijote se puso la bacía como yelmo en la cabeza, aunque no sabía cómo encajarla. Supuso, pues, que era un casco para la cabeza de un gigante y que encima le faltaba la mitad. Pensó que alguien, al verla de oro purísimo, no apreció su valor y había fundido la mitad del yelmo de Mambrino.

Pero estaba contento con su victoria y decidió llevarla a un herrero para que se la arreglase.

Sancho, por su parte, que vio desamparadas las albardas, preguntó a su señor si las podía cambiar por las suyas, como botín de la batalla. No le pareció mal a don Quijote, y así quedó muy mejorado su rucio, y ellos tuvieron de qué comer y beber. ¡Por suerte el barbero iba bien cargado de provisiones!

# LA MERITORIA PENITENCIA DE DON QUIJOTE

Estaban cerca de Sierra Morena y decidieron entrar por los montes y salirse del camino.

Una nueva idea le había venido a la cabeza a don Quijote adecuada al lugar: imitar a su admirado Amadís de Gaula en su penitencia. El famoso caballero andante, desdeñado por su amada Oriana, celosa sin causa, decidió retirarse a la Peña Pobre a hacer penitencia y cambió su nombre por el de Beltenebros. Y lo mismo le pareció a don Quijote que podía hacer en lugar tan apropiado.

Así se lo dijo a Sancho.

Su escudero no entendía cómo se podía hacer penitencia sin haber hecho nada malo. Ni por qué irse al retiro por el desdén de una dama, si la dama no le había desdeñado.

Don Quijote le explicó que ahí estaba la gracia. Él iba a hacer lo que nadie había hecho: enloquecer sin causa y decirle a su dama lo que hacía por ella sin que le hubiera dado razón alguna para hacerlo.

Llegaron al pie de una alta montaña, donde corría un arroyuelo, rodeado por un verde prado. Este lugar escogió el Caballero de la Triste Figura, que así le llamaba su escudero, para hacer su penitencia. Sancho tenía como misión ir a contarle a Dulcinea del Toboso lo que estaba haciendo por ella su enamorado caballero.

Pero antes de la partida del escudero, don Quijote escribió una carta para que la entregara a su señora. Quiso que Sancho le viera hacer locuras y así poder contárselas a la dama.

Por eso, se quitó los calzones y se quedó sólo cubierto con los faldones de la camisa. Dio dos saltos en el aire y luego dos volteretas con los pies en alto, que dejaron ver tales cosas a

Sancho, que, por no verlas, se marchó en el acto.

Iba el criado muy contento, porque sin duda podría jurar a la sin par Dulcinea que su amo estaba rematadamente loco… por ella.

# EL CURA Y EL BARBERO ENTRAN EN LA HISTORIA

El fiel Sancho se fue camino del Toboso y llegó cerca de la venta que conocía. En ese momento salían de ella el barbero y el cura de su pueblo. Habían ido en busca de don Quijote para tratar de convencerlo de que regresara a su casa.

Al ver a Sancho solo, le preguntaron por su amo.

Él no quería soltar prenda, pero como le acusaron de haberlo matado y robado, el buen campesino les contó dónde estaba, qué hacía y todo lo que les había pasado.

Les iba a enseñar la carta para Dulcinea ¡y se dio cuenta de que se la había olvidado! Así que siguió hablando: que si su señor iba a ser emperador, o por lo menos rey; y que a él le daría

un gran Estado en tierra firme, porque ya no quería las islas que le había prometido antes...

—Únicamente me preocupa —acabó— que don Quijote, en vez de emperador, llegue a ser arzobispo, porque no sé qué les toca a los escuderos de los «arzobispos andantes».

El cura y el barbero se dieron cuenta de que el buen Sancho estaba igual de loco que su señor y optaron por no desengañarle. Pero decidieron inventar algún conflicto importante que don Quijote tuviera que solucionar, por ejemplo alguna doncella afligida que necesitase de sus servicios, para sacarle de su penitencia.

Entonces el cura se disfrazó de mujer con la ayuda de la ventera. Y el barbero hacía de su escudero, con una barba postiza que le llegaba a la cintura.

Cuando Sancho los vio así disfrazados, no podía parar de reír. Eso echó por tierra el engaño. Visto esto, el cura rechazó hacer el papel de la doncella y pidió al barbero que lo hiciese él. O mejor aún, ya se disfrazarían cuando estuvieran cerca del lugar de la penitencia de don Quijote.

Hacia allá fueron. Al día siguiente llegaron donde Sancho había puesto unas ramas de retama para orientarse. Le mandaron que se adelantara y que dijera a su señor que, aunque hubiera olvidado la carta, había ido con la embajada a su señora Dulcinea. Que ella le había pedido que fuera a verla inmediatamente.

*Cuando Sancho los vio,*
*no podía parar de reír*

Por supuesto, antes le metieron en la cabeza a Sancho lo importante que era su mentira, porque de otra forma nunca llegaría a ser emperador. Y le prometieron que ellos convencerían a su señor de que no quisiera ser arzobispo.

Sancho dejó al cura y al barbero sentados a la sombra de los árboles junto a un riachuelo.

Allí precisamente acudió un joven. Enloquecido por su historia amorosa, andaba por aquellos montes asaltando a veces a los pastores para comer, desgreñado y con el vestido roto. El caso es que Cardenio —que así se llamaba— les contó sus desgraciados amores con la bella Luscinda.

Estaba el cura intentando consolar a Cardenio, cuando oyeron una dulce voz de alguien que se quejaba amargamente. Se levantaron todos y, detrás de un peñasco, vieron a un joven que se estaba lavando los pies. Al poco se quitó la montera y se esparcieron sus largos cabellos rubios, por lo que los tres se dieron cuenta de que no era un muchacho, sino una hermosísima chica.

Decidieron preguntarle quién era y qué le pasaba.

*...y se esparcieron*
*sus largos cabellos rubios*

Al verlos, primero intentó huir, pero no pudo calzarse con tanta rapidez. Y en el acto los tres la tranquilizaron y le ofrecieron su ayuda. La disfrazada muchacha les contó entonces su historia. Se llamaba Dorotea y su amado la había dejado para casarse precisamente con la novia de Cardenio.

Así mismo, el cura y el barbero les contaron a los dos jóvenes el caso de don Quijote y lo que pensaban hacer.

Dorotea confesó que ella había leído muchos libros de caballerías y se ofreció para hacer el papel de doncella desamparada que acude al caballero andante a pedirle ayuda.

Sacó de una bolsa que llevaba un bello traje de mujer y se vistió. Todos quedaron admirados de su belleza.

Justo en ese momento llegó de vuelta Sancho y quedó sin habla porque nunca había visto una mujer tan bella.

Le dijeron que era la princesa Micomicona, del reino de Micomicón de Guinea, que iba en busca de su amo para que luchara con un malvado gigante que le había quitado su reino.

Sancho quedó admirado y entusiasmado. Hasta pidió al cura que, por favor, convenciera a don Quijote de que, después de haber matado al gigante, se casara con esa princesa tan bella. Así no se le pasaría por la cabeza ser arzobispo, heredaría el reino de Micomicón y él podría tener algún Estado que gobernar.

Luego contó cómo había encontrado a su señor don Quijote: flaco, amarillo y muerto de hambre.

Por supuesto le había dicho que Dulcinea le mandaba salir del retiro e ir a verla. Pero él le había replicado que, hasta que no llevara a cabo grandes hazañas que lo hicieran digno de ella, no pensaba ir a verla.

Por tanto, la aventura de la princesa Micomicona llegaba en el momento oportuno…

# LA PRINCESA MICOMICONA Y EL ENCANTAMIENTO DE DON QUIJOTE

Todos se dirigieron al lugar donde estaba don Quijote. Bueno, Cardenio y el cura, como no tenían papel en la historia, decidieron esperar. El barbero, con la barba postiza, hacía de escudero.

Encontraron al caballero entre unas peñas, vestido, pero no armado. Dorotea, como princesa Micomicona, se puso de rodillas ante él diciéndole:

—Vengo a pediros remedio para mis desdichas, pues soy la más agraviada y desconsolada doncella del mundo. No me levantaré hasta que no me deis favor.

Don Quijote quiso que se levantara enseguida y le otorgó inmediatamente el favor que le pedía sin siquiera saber cuál era. Fue Sancho quien le dijo al oído que, total, era sólo matar a un gigantazo, que eso no era nada para él. Luego le advirtió que tenía delante nada menos que a la princesa Micomicona.

La voz de don Quijote volvió a insistir con fuerza:

—La vuestra gran fermosura se levante, que yo le otorgo el favor que pedirme quisiere.

Naturalmente, la princesa le pidió lo que solían pedir las princesas en los libros de caballerías: que fuera con ella para librarla del gigante que se había apoderado de su reino. Añadió que, hasta lograrlo, no se metiera en ninguna empresa más.

Don Quijote puso así fin a sus lamentos con un «manos a la obra». Mandó al momento a Sancho que recogiera las armas que había colgado de un árbol. Ensilló también el escudero a Rocinante, y se pusieron en marcha.

Les salieron al camino Cardenio y el cura.

Éste fingió encontrarlos por casualidad y saludó al caballero andante con gran ceremonia:

—Para bien sea hallado el espejo de la caballería, mi buen compatriota don Quijote de la Mancha.

Pretendió cederle don Quijote el caballo, pero el cura no quiso.

El barbero, que iba como escudero de la princesa, sí bajó de su mula para cederle al cura la silla. Y al sentarse él en las ancas, el animal dio dos coces y tiró al suelo al barbero. Al levantarse rápidamente, perdió la barba postiza. Don Quijote, que lo vio, creyó

que era milagro. Por suerte no le reconoció. El cura acudió enseguida y, con unas palabras mágicas, le volvió a poner la barba en
la cara al pobre barbero, que se estaba quejando de la caída.

¡Cuánto le interesó al caballero la fórmula!

Así llegaron todos a la venta de Palomeque el Zurdo.

Cosas del azar, allí acudieron también don Fernando, el olvidadizo enamorado de la bella Dorotea, y Luscinda, la fiel amada de Cardenio. Dorotea consiguió recuperar el amor de Fernando. Y Cardenio pudo por fin reunirse con su adorada Luscinda.

Los enamorados estaban felices y se unieron a la causa de don Quijote. Entre todos decidieron que lo mejor para devolver a su casa sano y salvo al hidalgo era hacerle creer que estaba encantado.

Y así lo hicieron.

Alquilaron los servicios de un carretero de bueyes que pasó por la venta e hicieron una gran jaula, donde pudiera caber don Quijote.

Mientras dormía, lo ataron de pies y manos. Cuando el caballero despertó, vio que no podía moverse y que estaba rodeado de una serie de fantasmas. Eran los jóvenes Fernando y Cardenio disfrazados. Lo cogieron en silencio y lo encerraron en la jaula.

Al tiempo que esto ocurría, se oyó una voz fantasmal que ponía los pelos de punta. Era el barbero diciendo una extraña profecía:

...estaba rodeado
de una serie de fantasmas

—El Caballero de la Triste Figura se verá libre de su encantamiento cuando se junte el furibundo león manchado con la blanca paloma del Toboso. Esto no ocurrirá antes de que el sol recorra dos veces todas las constelaciones.

Don Quijote, al oír la profecía, interpretó que dentro de dos años se casaría con Dulcinea.

De esta forma, quedó algo consolado de su desgracia, que era grande. Porque cuando se vio dentro de la jaula y en un

carro de bueyes, pensó que nunca había leído que a los caballeros encantados se les llevara de esta manera, sino por los aires o encerrados en un carro de fuego.

Naturalmente pronto justificó tal rareza como una nueva
forma de encantamiento.

Y así emprendieron el regreso a la aldea del caballero y de su
escudero.

Sancho no sabía qué pensar: si creérselo todo o ver algún

engaño en ello. En un momento que pudo acercarse a su señor enjaulado y hablarle a solas, le dijo que le parecía que dos de aquellos que llevaban cubiertos los rostros eran el cura y el barbero. Sospechaba que lo habían encerrado de pura envidia por sus hazañas. Y para demostrarle que eso era cierto, le preguntó:

—Usted, señor, ¿tiene ganas de hacer aguas menores?

Y cuando don Quijote le dijo que sí, Sancho obtuvo la prueba de que no estaba encantado.

—Porque los encantados ni comen ni beben. Por tanto, no deben de tener ninguna «otra necesidad».

Pero don Quijote le explicó que los tiempos habían cambiado y que debía de haber muchas forma de encantamiento.

Él estaba convencido de que estaba encantado, y eso bastaba.

De hecho, al cabo de un rato, el cura y el barbero, bajo sus disfraces de espíritus, le sacaron de la jaula tras prometer él que no se escaparía. ¡Al fin y al cabo, adónde podía ir, si estaba encantado!

Todavía se enfrentaron a un nuevo peligro antes de llegar a casa de don Quijote.

Éste vio una procesión de hombres vestidos de blanco que iban a una ermita a pedir a Dios que lloviera. El año estaba resultando muy seco, y no tenían agua.

Como llevaban una imagen de la Virgen cubierta de luto, don Quijote creyó que eran malandrines que llevaban a la fuerza a una dama. Subió rápidamente sobre Rocinante y se lanzó contra ellos gritando que soltasen a la señora.

Uno le esperó con un bastón y, al ver que don Quijote lo rompía con una cuchillada, le dio tal golpe que lo tiró al suelo. Quedó como muerto el caballero. Así lo creyó su fiel Sancho, que se echó sobre su cuerpo llorando desesperado:

—¡Oh, flor de la caballería! ¡Con sólo un garrotazo acabaste la carrera de tus gastados años!

A sus voces y a su llanto, don Quijote volvió en sí y le pidió que le ayudara a ponerse en el carro encantado, porque tenía un hombro hecho pedazos.

Lo pusieron en él; y a los seis días, así enjaulado, llegó a su aldea.

Como era domingo al mediodía, la gente estaba en la plaza, por donde pasó el carro con el caballero andante. Todos fueron a ver quién era. Un muchacho corrió a decirles a la sobrina y al ama de qué forma volvía su tío y señor.

Los gritos de las dos señoras contra los libros de caballerías se oyeron en toda la casa. A ellos les echaban la culpa de la vida que llevaba el buen hidalgo manchego.

También acudió a recibir a su marido Teresa Panza. Y lo pri-

*Y a los seis días, así
enjaulado, llegó a su aldea*

mero que le preguntó fue por los regalos que le traía. Entonces Sancho le anunció que, cuando saliera otra vez con su señor en busca de aventuras, se convertiría en conde o gobernador de una isla.

Y así sería, pero para ello hay que leer la *Segunda parte del ingenioso caballero don Quijote de la Mancha.*

# AQUÍ COMIENZA LA SEGUNDA PARTE...

# A LAS VUELTA ANDANZAS

El cura y el barbero estuvieron casi un mes sin ver a don Quijote. No querían recordarle el pasado y que le entraran nuevas ganas de volver a las andadas.

Un día decidieron ir a visitarle para comprobar su mejoría. Lo encontraron sentado en la cama, muy flaco, con un chaleco verde y un bonete colorado.

Hablaron un poco de todo, y el hidalgo dio muestras de buen juicio. Llegó el tema de la amenaza de los turcos, cosa que les preocupaba mucho. Don Quijote les dijo que, si el Rey siguiera su consejo, se acabaría el problema para siempre.

¡Huy, huy, huy! Sospechaban que la supuesta sensatez de su amigo se evaporaba.

Su respuesta les confirmó la sospecha:

—¿Hay más sino mandar Su Majestad, por público pregón, que se junten en la corte para un día señalado todos los caballeros andantes que vagan por España? ¿Por ventura es cosa nueva deshacer un solo caballero andante un ejército de doscientos mil hombres?

Al oírle, su sobrina exclamó:

—¡Que me maten si mi tío no quiere volver a ser caballero andante!

A lo que don Quijote dijo:

—¡Caballero andante he de morir!

Y poco tardaría, en efecto, en salir en busca de aventuras otra vez.

Mientras se reponía, la sobrina y el ama no querían que Sancho visitara a su señor. Pero un día no les quedó más remedio que dejarle, porque él se puso a gritar y don Quijote les mandó que lo hicieran pasar.

El fiel escudero le traía noticias frescas. El hijo de Bartolomé Carrasco acababa de llegar de Salamanca, donde había termi-

nado sus estudios de bachiller, y le había dicho que ya estaba impresa la historia de sus aventuras. El libro se llamaba *El ingenioso hidalgo don Quijote de la Mancha*.

Don Quijote enseguida pensó que el autor sería un sabio encantador, pero cuál no sería su sorpresa cuando Sancho le dijo que no, que era un tal Cide Hamete Berenjena.

Ante la incredulidad del caballero, Sancho se fue a buscar al joven para que se lo contara él mismo.

Sansón Carrasco precisó que el historiador árabe que había puesto por escrito sus hazañas se llamaba Cide Hamete Benengeli. Acababan de ser traducidas al castellano para universal entretenimiento de las gentes.

Así siguieron comentando señor y escudero las noticias que de su historia escrita les traía el bachiller.

Todo ello hizo que don Quijote estuviese ya deseando estar en camino.

A su escudero le pasaba lo mismo, pero antes quiso poner las cosas en su sitio y le pidió a su señor que le fijara un salario.

—Aunque —le dijo— si me da la isla prometida, me la podrá descontar de la renta.

Don Quijote repuso que le pagaría si hubiera leído en algún libro de caballería que se les pagaba salario a los escuderos, pero que nada de esto decían. Y además añadió que, si no quería ir con él, ya encontraría a otro escudero más obediente y dispuesto. Cuando Sancho oyó la firme determinación de su señor de prescindir de sus servicios, se le cayeron las alas del corazón.

Entonces, sumiso y enternecido, le dijo:

—De nuevo, señor, yo me ofrezco a servirle fiel y legalmente, tan bien y mejor que cuantos escuderos han servido a caballeros andantes en los pasados y presentes tiempos.

Señor y escudero se abrazaron con cariño.

Luego decidieron que en tres días se irían. Antes tenían que preparar el viaje.

Y así lo hicieron.

Al anochecer del tercer día, emprendieron camino del Toboso.

Don Quijote cabalgaba de nuevo sobre Rocinante. Sancho montaba su burro, con las alforjas llenas de comida y una bolsa de dinero por si acaso.

# EL ENCANTAMIENTO DE DULCINEA

Caminaron esa noche y todo el día siguiente sin que nada nuevo les pasara hasta que descubrieron la ciudad del Toboso. Entraron de noche.

Como Sancho había mentido diciendo que había ido a ver a Dulcinea, no sabía dónde llevar a su señor, que quería ir al palacio de su dama. Su excusa era que, como sólo había visto una vez la casa de su señora, no se acordaba del camino. Por eso le pidió a don Quijote que guiase él. Sin duda debía de haberla visto miles de veces.

—¿No te he dicho que en todos los días de mi vida no he visto a la sin par Dulcinea y que sólo estoy enamorado de oídas? —replicó, enfadado, don Quijote.

En esto vieron venir a un labrador con dos mulas, que iba al campo antes del amanecer. Le preguntaron si sabía dónde estaban los palacios de la princesa Dulcinea del Toboso. Él les dijo que no sabía que hubiera princesa alguna en ese pueblo.

—Aunque soy forastero… Mejor pregunten al cura —acabó justificándose.

Sancho ya no sabía qué hacer para salir del apuro.

Al menos consiguió convencer a su señor de que salieran de la ciudad. Se ofreció a ir él solo de día en busca de la dama, para decirle que su caballero estaba esperando a ser recibido. A don Quijote le pareció una buena idea, y así lo hicieron.

Cuando Sancho dejó a su señor a caballo apoyado en la lanza, sumergido en sus pensamientos e imaginaciones, se apeó de su asno y se preguntó a sí mismo qué podía hacer. No sabía ni dónde ir ni a quién buscar. Y si de verdad existía tal princesa, seguro que los del Toboso, al saber que iba a molestar a su dama, le molerían a palos las costillas.

De repente el buen escudero tuvo una idea. Pensó que no sería difícil «encantar» a Dulcinea. Haría creer a su señor que la primera labradora que viera era su señora transformada. Si el otro lo negaba, él lo juraría. Y así solucionaría este asunto.

Dejó pasar la mañana para que don Quijote creyera que había tenido tiempo de ir y volver. Luego se fue donde estaba su señor.

En ese momento, salían del Toboso tres labradoras sobre tres borricas. Sancho, al verlas, apresuró su paso para decirle a su señor que era Dulcinea acompañada de dos doncellas.

Don Quijote no podía creer lo que veía. Porque esta vez sí veía él a tres labradoras sobre tres borricas, mientras Sancho le hablaba de vestidos de oro, de perlas y diamantes, de largos ca-

bellos rubios sueltos por las espaldas y de tres hermosas jacas.

Sancho se puso de rodillas delante de una de las aldeanas llamándola «reina y princesa y duquesa de la hermosura».

Don Quijote sólo veía a una fea aldeana. Sin embargo, se puso también de rodillas, aunque la miraba con ojos desencajados.

Ella, al oír las palabras que le decía Sancho y ver a esos dos extraños personajes, les dijo:

—¡Mi agüelo! ¡Amiguita soy yo de oír piropos!... Apártense y déjennos pasar.

Don Quijote estaba convencido de que otra vez los encantadores le habían cambiando la realidad. Así que pidió a Sancho que se levantara.

Se fueron también las tres aldeanas. Y así quedó encantada la señora Dulcinea, por gracia e ingenio de Sancho Panza.

# LA GRAN BATALLA CON EL BRAVO CABALLERO DE LOS ESPEJOS

Era de noche. Don Quijote y Sancho descansaban al pie de unos árboles. Mientras los animales pacían, don Quijote, que sólo dormitaba, oyó un ruido a sus espaldas. Miró y vio que era un caballero andante con su escudero.

Despertó enseguida a Sancho susurrando en voz baja:

—Hermano Sancho, aventura tenemos.

Y, en efecto, iba a ser una gran aventura.

El Caballero de los Espejos, que así dijo llamarse, le contó a don Quijote que estaba enamorado de la bellísima dama Casildea de Vandalia. Por ella había hecho un montón de proezas. Entre ellas, vencer a la giganta Giralda y a muchos caballeros. Y citó como ejemplo al famoso caballero don Quijote de la

Mancha, a quien había hecho confesar que Casildea era más hermosa que Dulcinea.

Al oír esto, don Quijote estuvo a punto de decirle que mentía, pero quiso preguntarle más detalles de ese caballero…

Y el Caballero de los Espejos lo retrató así:

—Es un hombre alto, seco de rostro, estirado, entrecano, la nariz aguileña, de bigotes grandes y caídos. Se llama el Caballero de la Triste Figura y lleva como escudero a un labrador llamado Sancho Panza.

Don Quijote, asombrado de la precisión de las señas, le contó que él era ese don Quijote. Que jamás había combatido con él. Que debía de ser otra jugarreta de los encantadores, que acababan de transformar a su señora Dulcinea en una fea aldeana.

Y para probarlo, lo desafió a combate.

El Caballero de los Espejos aceptó enseguida el desafío. Únicamente puso la condición de que el vencido quedase a voluntad del vencedor para hacer todo lo que él quisiera.

A don Quijote le pareció muy bien, y ambos decidieron empezar la singular batalla en cuanto saliera el sol.

*...decidieron empezar la singular
batalla en cuanto saliera el sol*

Mientras tanto, sus escuderos habían hecho muy buenas migas. Primero habían probado la bota de vino juntos y luego roncaron a compás.

Cuando empezó a amanecer, Sancho descubrió con asombro que su compañero tenía una nariz descomunal. Estaba llena de verrugas y era morada como una berenjena. Lo cierto es que sintió temor y respeto hacia el propietario de tamaña nariz.

El Caballero de los Espejos llevaba ya puesto el casco, que coronaban plumas verdes, amarillas y blancas. Sobre las armas, lucía una casaca que parecía de oro, con muchas lunas de espejos. Era un hombre no muy alto, pero fuerte. Su lanza era grandísima y gruesa.

Don Quijote todavía no había tenido tiempo de situarse en el campo de batalla. Estaba ayudando a Sancho a subir a un alcornoque, a salvo del narigudo y temido escudero.

Sin embargo, el Caballero de los Espejos corría ya sobre su caballo a su encuentro. Quiso entonces frenar, pero el caballo no le obedeció. Se le torció la enorme lanza y, con la confusión, chocó con la lanza de don Quijote.

Fue tal el golpe, que el de los Espejos quedó como muerto en el suelo.

En cuanto don Quijote lo vio derribado, fue a quitarle las lazadas del yelmo y ver si el caballero estaba vivo o muerto ¡Y qué vio! ¡Pues que tenía el mismo rostro que el bachiller Sansón Carrasco!

Llamó enseguida a Sancho, que bajaba a toda prisa del alcornoque:

—¡Acude, Sancho, y mira lo que has de ver y no has de creer! ¡Advierte lo que pueden los hechiceros y los encantadores!

Sancho se quedó tan admirado como su señor. Muerto de terror, pidió a su amo que le clavara la espada, porque así remataría a aquel encantador enemigo suyo.

Ya lo iba a hacer don Quijote, cuando el otro escudero se acercó gritando que no lo hiciera. Repetía que el que tenía a sus pies no era otro que el bachiller Sansón Carrasco.

Pero lo más sorprendente era que ya no tenía la descomunal nariz. ¡Sin ella, Sancho descubrió que era igualito que su vecino Tomé Cecial!

En éstas, despertó el Caballero de los Espejos.

Don Quijote le hizo jurar que su Dulcinea era mucho más bella que Casildea y que además iría a presentarse como vencido a los pies de su dama.

Todo lo juró el de los Espejos. Incluso reconoció que el que había vencido en el pasado no era don Quijote de la Mancha, sino uno que se le parecía; del mismo modo que él se parecía al bachiller Sansón Carrasco.

Sancho había aprovechado para hablar con Tomé Cecial, y sus respuestas confirmaban que era verdaderamente su vecino. Sin embargo, no acabó de creerlo. ¡Tal era la fuerza de la palabra de su señor y la de sus encantadores!

Y el vencido caballero y su escudero sin narices se fueron.

La historia dice que en este caso no habían intervenido los encantadores.

El Caballero de los Espejos era realmente Sansón Carrasco, y su escudero, Tomé Cecial.

El bachiller había ideado este truco. Pensaba vencer fácilmente a don Quijote. Luego iba a ponerle como condición que volviera a su pueblo y que no saliera de su casa en dos años. Sabía que don Quijote cumpliría su promesa por no faltar a las leyes de la caballería. Y con tanto tiempo, olvidaría su oficio de caballero andante.

Pero no sucedió como pensaba el bachiller. ¡Y si no, que le pregunten a sus costillas!

# EL CABALLERO DEL VERDE GABÁN, Y LA ESPANTOSA Y DESATINADA AVENTURA DE LOS LEONES

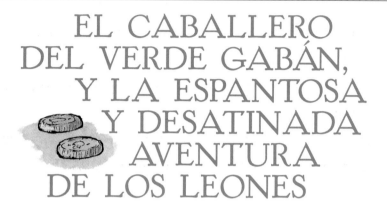

Orgullosísimos y contentos iban por los caminos el Caballero de la Triste Figura con su escudero. Comentaban la hazaña, las narices del escudero, que si era Tomé Cecial o no…

Los alcanzó entonces un hombre sobre una hermosa yegua. Llevaba un gabán de fino paño verde y armas moriscas del mismo color. Tendría unos cincuenta años. Era gallardo y serio.

Se llamaba Diego Miranda. Era bastante rico y vivía feliz con su mujer y sus hijos. Se dedicaba a cazar, pescar y sobre todo leer.

Al compartir su afición a la lectura con don Quijote, invitó

a éste y a Sancho a ir a su casa, donde pasarían unos días trata-
dos con mucha cortesía.

Pero antes, una nueva y asombrosa aventura le salió al paso
a don Quijote.

Mientras los dos caballeros hablaban, Sancho había visto
unos cabreros y fue a comprarles unos requesones.

De pronto, don Quijote vio venir por el camino un carro lleno de banderas reales y llamó a voces a su escudero para que le diera su casco.

Precisamente Sancho había guardado los requesones en el casco de don Quijote. Y al ponérselo éste, los requesones empezaron a bajarle por el rostro y barbas. ¡Menudo susto! Creía que se le derretían los sesos.

Se limpió con un pañuelo el sudor y se quitó el casco para ver qué le enfriaba la cabeza. Así descubrió los requesones y rápidamente imaginó que era cosa de Sancho.

Pero él, sin inmutarse, le dijo que nada sabía del tema. ¡Que era otra vez cosa de los encantadores!

—Todo puede ser —aceptó don Quijote.

Llegaba ya a su altura el carro de las banderas. Traía dos enormes leones enjaulados que el general de Orán mandaba al Rey.

Don Quijote le dio el alto, pero el carretero le pidió que le dejara pasar. Tenía que darse prisa en llegar donde dieran de comer a los leones. Eran macho y hembra y estaban hambrientos.

Don Quijote, sonriéndose un poco, le dijo:

—¿Leoncitos a mí? ¿A mí leoncitos, y a tales horas? Abrid las jaulas, buen hombre, que en mitad de este campo les daré a conocer quién es don Quijote de la Mancha.

Todos intentaron convencerle de que era una locura. Pero don Quijote, impacientándose, amenazó al carretero:

—¡Bellaco, si no abres enseguida las jaulas, con esta lanza os he de coser con el carro!

El carretero, ante la amenaza, pidió que le dejara soltar las

mulas y ponerse a salvo. Y lo mismo hicieron Sancho y el del Verde Gabán, corriendo lo más que podían.

La jaula del león macho quedó abierta. Don Quijote, a pie para que no se espantase Rocinante, se acercó al inmenso animal con el mayor valor del mundo.

El león, al ver la jaula abierta, se revolvió en ella. Abrió la boca —que dejó al descubierto dos palmos de lengua— y bostezó. Hecho esto, sacó la cabeza fuera de la jaula. Miró a todas partes con los ojos como brasas y, enseñando las partes traseras a don Quijote, se echó de nuevo en la jaula.

Don Quijote gritaba al carretero que le hiciera salir dándole palos, pero éste replicó que, si lo hacía, lo despedazaría a él. El animal tenía la jaula abierta. Si no salía, es que rehusaba el combate. Así que el vencedor indiscutible era el caballero.

A don Quijote le pareció bien argumentado y dio por finalizada su batalla. Puso en la lanza su pañuelo y llamó a gritos a los que todavía seguían huyendo.

Regresaron todos a ver qué había pasado. Don Quijote mandó a Sancho que le diera dos monedas de oro al carretero por el tiempo que había perdido. Éste, con el brillo del dinero, les contó la hazaña del caballero poniéndolo por las nubes, hablando de su valentía y de cómo había acobardado al león. Incluso prometió contarle al Rey la hazaña.

Don Quijote le dijo que, si le preguntaban quién lo había hecho, contestara que el Caballero de los Leones, porque en aquel momento cambiaba su nombre por ése.

Y por fin fueron a descansar unos días en casa de don Diego Miranda. ¡Bien ganado se tenía el reposo el valiente caballero!

# EL MARAVILLOSO ENCUENTRO CON LOS DUQUES

Llevaban cierto tiempo sin que les sucediera nada destacado cuando un día, al ponerse el sol y salir de un bosque, don Quijote vio un grupo de cazadores.

Entre ellos destacaba la figura de una elegante señora sobre una jaca blanquísima, vestida toda de verde. En la mano izquierda llevaba un azor, señal de que era una gran señora. Y dijo a su escudero:

—Corre, hijo, y di a aquella señora del azor que yo, el Caballero de los Leones, besa sus manos y que, si su grandeza me da licencia, iré a servirla en cuanto me mande.

Le faltó tiempo a Sancho para hacer de mil amores lo que le mandaba su señor. ¡Y cuál no sería su sorpresa cuando la gentil señora admitió conocer las hazañas del caballero!

En efecto, la duquesa —porque lo era la elegante señora— ya había leído la historia del ingenioso hidalgo don Quijote de la Mancha y hasta sabía quién era Sancho, e incluso Dulcinea del Toboso.

También lo sabía su esposo, el duque. De tal forma que el recibimiento que le hicieron al caballero en su castillo fue como el de los libros de caballerías.

Los criados de aquellos señores le dieron la bienvenida diciendo a voces:

—¡Bienvenido sea la flor y nata de los caballeros andantes!

Dos doncellas le pusieron a don Quijote sobre los hombros un manto rojo de fina tela. Y derramaban sobre él perfumes.

Fue el primer día en que el caballero creyó que era caballero andante verdadero, porque le trataban tal como había leído que lo hacían con los caballeros de los pasados siglos.

Y sólo fue el comienzo, porque los duques quisieron agasajar a caballero y escudero por todo lo alto. Deseosos de oír de viva voz lo que habían leído en el libro, los alojaron en su castillo.

Hablando durante la comida con los duques, don Quijote les contó cómo había visto con sus propios ojos a su Dulcinea transformada en una fea labradora. Y al preguntarle quién podía ser el causante de tanto mal, el caballero arremetió contra los malditos encantadores que le perseguían:

—Esa raza maldita me ha perseguido, me persigue y me perseguirá. Y me dañan donde más me duele. ¡Porque quitarle

a un caballero andante su dama es quitarle los ojos con que mira y el sol que le alumbra!

Los duques se divertían tanto con las cosas que les contaban don Quijote y Sancho, que decidieron gastarles algunas burlas con apariencia de aventuras.

Y para ello dieron orden a sus criados de todo lo que tenían que hacer.

# EL DESENCANTO
# DE DULCINEA
# Y LOS AZOTES
# DE SANCHO

A los seis días los llevaron de caza. Don Quijote sujetaba las riendas del caballo de la duquesa. Los rodeaban cazadores y monteros.

Acosado por los perros, apareció un desmesurado jabalí. Sancho, al verlo, se subió aterrorizado a una encina. El traje de fino paño verde que le habían dado los duques para la cacería se le rompió. Y le pesó en el alma, porque había ya estado pensando en lo que le darían por él.

Todo el día se les pasó en estos entretenimientos. Y llegó la noche, no muy clara, aunque estaban en verano.

De pronto pareció que el bosque ardía. Oyeron infinitas cornetas, como si pasaran por allí muchas tropas. Sonaron luego trompetas y clarines. Retumbaron tambores… Los duques quedaron pasmados, admirado don Quijote y espantado Sancho Panza.

Llegó enseguida un correo vestido de demonio que, con una voz horrible, les anunció:

—Soy el Diablo. Vengo a buscar a don Quijote de la Mancha. Conmigo vienen seis tropas de encantadores. Sobre un carro traen a la sin par Dulcinea del Toboso. Viene a explicar a don Quijote cómo ha de ser desencantada.

No bien desapareció el diablo, se oyó un espantoso ruido, como de ruedas. Y después, como si por todas partes estuvieran combatiendo ejércitos, con gritos, tiros de escopetas, clarines y trompetas. El estruendo era tan horrendo que Sancho no pudo soportarlo y se desmayó de miedo a los pies de la duquesa.

Mandó ella que le echaran agua al rostro. Y así lo hicieron, justo en el momento en que llegaba un carro de rechinantes ruedas.

Estaba cubierto de telas negras, al igual que los cuatro bueyes que tiraban de él. Lo guiaban dos feísimos diablos y encima venía sentado un venerable anciano de larga barba blanca. Dijo, con una gran voz, que era el sabio Lingardeo.

Siguieron otros dos carros, igualmente espantosos, con el sabio Alquife y el encantador Arcalaus.

Y de pronto sonó una suavísima música. Apareció un carro mucho mayor, tirado por seis mulas pardas, cubiertas de telas blancas. En él iba sentada en un trono una doncella. Aunque cubría su cabeza, se adivinaba bellísima.

Junto a ella venía una figura tapada con un velo negro.

*Siguieron otros dos carros,*
*igualmente espantosos*

Al quitárselo, resultó tener el rostro descarnado y feísimo de la mismísima muerte. No obstante, dijo ser el mago Merlín. Y con un largo discurso, anunció algo que causaría hondo pesar a Sancho: para desencantar a Dulcinea, el buen escudero debía recibir tres mil trescientos azotes en sus posaderas.

El miedo no le impidió a Sancho protestar con rabia:

—¡Qué modo de desencantar es ése! ¡Qué tendrán que ver mis posaderas con los encantos!

—¡Villano, yo os amarraré a un árbol y os daré, no tres mil trescientos, sino seis mil seiscientos azotes! —le contestó su señor, furioso.

Puso paz el mago Merlín, pues dijo que Sancho tenía que darse voluntariamente los azotes, cuando y donde quisiera.

Y como Sancho seguía negándose a tal castigo, la doncella del rostro cubierto se levantó. Alzó el velo, lo que dejó ver su belleza, algo varonil… Y en el acto empezó a insultar al escudero, tan duro de corazón que no quería devolverla a su forma natural y antigua belleza.

La verdad es que Dulcinea no hubiera convencido a Sancho

de que sus posaderas recibieran la tanda de azotes, si no llega a ser por la intervención del duque. Éste le había prometido que le daría el gobierno de una de sus islas. Habló así entonces:

—Amigo Sancho, si no os ablandáis, tampoco habéis de ser gobernador. ¡Bueno sería que mandara a mis súbditos un gobernador cruel, que no se conmueve por las lágrimas de las doncellas afligidas!

Al ver que se le iba de las manos la tan ansiada ínsula, Sancho accedió a regañadientes al castigo.

Puso la condición de que él se daría los azotes cuando quisiera. Aunque, aclaró, su voluntad era hacerlo cuanto antes para que el mundo pudiera gozar otra vez de la hermosura de la señora Dulcinea del Toboso.

¡Si hubiera sabido él en qué había de parar el encantamiento que él mismo había inventado para la dichosa señora, seguro que se hubiera callado la boca en su momento!

Apenas acababa de dar Sancho su consentimiento, cuando sonó otra vez una música dulcísima. Se oyeron escopetas y tambores. Hizo una gentil reverencia la encantada Dulcinea, y el carro comenzó a caminar.

Don Quijote abrazaba emocionado a su escudero y le daba mil besos en la frente.

Amanecía ya, y todos se volvieron al castillo de los duques.

# LAS BARBAS DE LA TRIFALDI Y EL VUELO DE CLAVILEÑO

No acabaron aquí las aventuras que los duques hicieron vivir a don Quijote y Sancho.

Un día, después de comer en el jardín, charlando los duques con ellos, oyeron el son tristísimo de una flauta y de un destemplado tambor.

Enseguida vieron llegar a tres hombres vestidos de negro, tocando tambores y flautas. Les seguía un inmenso personaje de larga barba blanca, también todo él de negro, tanto que causaba pavor.

Se presentó como Trifaldín, el de la Barba Blanca, escudero de la condesa Trifaldi. Preguntó si estaba en ese castillo el vale-

roso y jamás vencido caballero don Quijote de la Mancha. Su señora había venido desde el reino de Candaya en busca de él para pedirle ayuda.

El duque le dijo que sí estaba y le pidió que rogara a su señora que ella misma entrase para hablar con tan valiente caballero.

Poco tardó en aparecer por el mismo lugar la condesa Trifaldi, a la que también llamaban dueña Dolorida, rodeada de otras doce dueñas, vestidas con largas tocas blancas, de luto, y cubiertos los rostros con velos negros.

De la mano de Trifaldín, la condesa se acercó a los duques y al caballero. De rodillas, los saludó con mucha reverencia.

El duque la levantó e hizo sentar en una silla junto a la duquesa, donde contó su penosa historia.

Ella servía a la infanta Antonomasia, hija de la reina Maguncia, viuda del rey Archipiela, del famoso reino de Candaya. A los catorce años, la princesa era la doncella más hermosa que nadie pudiera imaginarse. Se enamoraron de ella miles de caballeros.

Entre ellos, don Clavijo, tan apuesto y gentil que conquistó el amor de la bella dama con la complicidad de la dueña Dolorida, a la que le regaló buenas palabras y algunas joyas.

Se casaron secretamente y, cuando la reina se enteró, se murió del disgusto.

Apenas la habían enterrado, cuando sobre la sepultura apareció el gigante Malambruno, primo hermano de Maguncia.

Era un cruel encantador. Por ello, en venganza de su muerte, dejó allí mismo encantados a los dos jóvenes: a él como un espantoso cocodrilo de metal no conocido y a Antonomasia como una mona de bronce. En medio de ambos, en una lápida, escribió lo siguiente:

*No cobrarán su primera forma estos dos atrevidos amantes hasta que el valeroso manchego venga conmigo a las manos en singular batalla.*

Y no contento con todo ello, cogió a la dueña Dolorida con intención de cortarle el cuello. Por suerte, se conmovió por su llanto y cambió esa muerte por un terrible castigo: a ella y a las doce dueñas que la acompañaban les hizo crecer una espesísima barba.

En ese momento del relato, la condesa Trifaldi y las doce dueñas se levantaron a la vez el velo que cubría sus rostros. Todos pudieron ver trece espesas barbas de todos los colores. Se quedaron anonadados.

—Encantador y gigante Malambruno, ¿no hallaste otro castigo que ponerles barbas a estas pecadoras? Apostaría que no tienen dinero para pagar a quien las rape —exclamó Sancho, enfadadísimo contra el gigante.

Don Quijote enseguida dijo que iría donde fuese para liberarlas de esas barbas que tanto afeaban su rostro.

La dueña Dolorida le dijo que el reino de Candaya estaba a cinco mil leguas, más o menos, por tierra; pero por aire, y en línea recta, a tres mil doscientas veintisiete.

El gigante Malambruno le había dicho además que, cuando encontrara al caballero manchego, le mandaría al alado Clavileño. Era un caballo de madera que se regía por una clavija que tenía en la frente y que le servía de freno. Volaba por los aires tan ligero que parecía que lo condujeran los mismos diablos. Pero no sólo tenía que montarlo el gran caballero don Quijote de la Mancha, sino también su escudero. Si no, no servía de nada.

De nuevo protestó Sancho de su papel en el desencanto. Pero era tal su horror ante las pobladas barbas de las dueñas,

que, refunfuñando, aceptó acompañar a su señor en el famoso vuelo.

Efectivamente, al llegar la noche, entraron en el jardín cuatro salvajes que llevaban en hombros al gran caballo de madera. Subidos los dos en Clavileño, les taparon los ojos para que no se marearan con la altura del vuelo.

Don Quijote tentó la clavija, y al poner los dedos en ella, todos gritaron despidiéndoles:

—¡Dios te guíe, valeroso caballero!

—¡Dios sea contigo, escudero intrépido!

—¡Ya vais por los aires, con más velocidad que una saeta!

A ellos les parecía que no se movían. ¡Y en efecto, no se movían!

Luego, con unos fuelles empezaron a hacerles aire, y los voladores creyeron que iban por la zona del aire. Después, les calentaron el rostro, y pensaron que iban por la zona del fuego. Por fin, prendieron fuego a la cola de Clavileño, y como estaba lleno de cohetes tronadores, voló por los aires y dio con don Quijote y con Sancho en el suelo, medio chamuscados.

Las dueñas barbadas presididas por la Trifaldi se habían ido ya del jardín. Y los duques y sus servidores se tendieron por el suelo como desmayados.

Ese panorama encontraron caballero y escudero cuando se levantaron. También había una gran lanza en el suelo con un pergamino:

El caballero don Quijote de la Mancha acabó la aventura de la condesa Trifaldi con sólo intentarlo. Malambruno se da por contento. Las barbas de las dueñas ya quedan lisas y mondas, y los reyes Clavijo y Antonomasia desencantados.

Y cuando se cumpla el azote escuderil, quedará también desencantada la bella Dulcinea.

Don Quijote dio gracias al cielo de que hubiese culminado la hazaña con tan poco peligro. Luego se fue donde estaba el duque aún desmayado para reanimarlo.

El duque fingió volver en sí y, al leer el cartel, abrazó entusiasmado a don Quijote.

La duquesa, por su parte, preguntó a Sancho por el vuelo. Éste contó que había visto la tierra como un grano de mostaza y a los hombres como avellanas —combinación increíble—; y si la duquesa no le manda callar, hubiese seguido hablando horas. ¡Como si se hubiese paseado por todos los cielos!

# EL DURÍSIMO GOBIERNO DE LA ISLA

Al día siguiente, el duque le anunció al escudero que era ya gobernador de la isla y que sus súbditos le estaban esperando.

Lo vistieron acorde con su nuevo cargo, aunque él protestaba. Lo vistieran como lo vistieran, sería siempre Sancho Panza.

Lo acompañaría a su isla el mayordomo del duque. Al escudero le pareció que tenía la misma cara que la condesa Trifaldi (y no iba descaminado, porque era quien había representado tal papel en la burla de los duques).

Sancho confesó sus sospechas a su señor, quien añadió a sus muchos consejos el de guardarse de los encantadores, culpables de todos esos curiosos cambios y parecidos.

Salió Sancho, acompañado de mucha gente, vestido como hombre de letras —sin tenerlas—, con un gabán muy ancho, sobre un caballo. Le seguía su asno, con adornos de seda, eso sí.

Don Quijote se quedó en el castillo de los duques echándolo mucho de menos.

Llegó el nuevo gobernador a la isla Barataria, que así bautizaron a la aldea de mil vecinos donde iba a ejercer su cargo.

Al llegar a las puertas de la villa, tocaron las campanas y todos los aldeanos salieron a recibirle con mucho contento.

Le llevaron a la iglesia a dar gracias a Dios, y luego al juzgado para resolver casos.

Uno de ellos parecía muy complicado:

Dos viejos se presentaron delante del gobernador con su disputa. Uno, con una larga caña como báculo, había pedido prestadas diez monedas de oro al otro viejo. Decía que se las había devuelto, mientras el otro lo negaba.

¡El del báculo estaba dispuesto a jurarlo delante de Sancho! Pidió al otro viejo que le sostuviera el báculo mientras juraba arrodillado que ya le había devuelto el dinero.

Sancho se había quedado pensativo un rato.

Los llamó de nuevo y le pidió el báculo al viejo. Entonces se lo dio al otro y dijo que así quedaba cancelada la deuda.

Efectivamente, al romper la caña, descubrieron escondidas en su interior las diez monedas de oro.

No le fue tan bien a Sancho en su suntuoso palacio.

A la hora de comer, algo muy importante para Sancho, el médico del gobernador de la isla iba indicando que retiraran todo lo que le apetecía al hambriento Sancho. Según el doctor, no le convenía a su salud.

Encima, llegó un correo sudando y muy asustado con una carta urgente del duque.

El gobernador se la hizo leer a su secretario y decía así:

*A mi noticia ha llegado, señor don Sancho Panza, que unos enemigos míos van a asaltar la isla. No sé qué noche. Conviene estar alerta. Sé también, por espías, que han entrado en ella cuatro personas disfrazadas para quitaros la vida. Abrid el ojo y no comáis nada que os den, pues temo que os envenenen.*

*Vuestro amigo.*

*El Duque*

¡Sólo faltaba la carta! ¡Desde ese día Sancho no se atrevió a comer más que un trozo de pan y unas uvas!

Ésa era la vida del gobernador: juzgar y pasar hambre.

La séptima noche de su gobierno, estaba Sancho en la cama

cuando, de pronto, todo el palacio pareció estallar con un estruendo de campanas, trompetas, tambores y gritos.

Salió a la puerta de su aposento y vio venir hacia él a más de veinte personas con hachas encendidas, gritando:

—¡Alarma, alarma, señor gobernador! ¡Han entrado infinitos enemigos en la isla!

Al pobre hombre, asustadísimo, le pusieron dos grandes escudos, uno delante y otro detrás, unidos con cordeles. Intentó avanzar apoyándose en una lanza que le dieron y cayó al suelo como si fuera una tortuga.

En ese momento se apagaron las antorchas. ¡Y estalló el jaleo!

El pobre gobernador evitó los golpes encogiendo cabeza, brazos y piernas debajo de los escudos, que fueron conchas para él. Pasó un rato, que se le hizo larguísimo, hasta que, por fin, oyó voces gritando victoria.

Le ayudaron a levantarse, pero, por el miedo pasado, se desmayó.

Al volver en sí, en silencio, se vistió su ropa de siempre y se fue a por su burro.

Convencido de que no había nacido para ser gobernador, dijo:

—Vuestras mercedes se queden con Dios y digan al duque, mi señor, que desnudo nací, desnudo me hallo: ni pierdo ni gano. Sin blanca entré en este gobierno, y sin ella salgo.

Pidió tan sólo un poco de cebada para el asno, y para él un trozo de pan con queso. Y sin decir nada más, ante la admiración de todos, se puso en camino del palacio de los duques en busca de su señor.

¡Qué abrazo se dieron los dos al verse!

# LA INESPERADA INVITACIÓN DE LOS BANDOLEROS

Don Quijote decidió que no podía seguir más tiempo en el castillo sin hacer nada.

Así que pidió permiso a los duques para marcharse. Y después de despedirse con grandes ceremonias y abrazos, caballero y escudero salieron en dirección a Barcelona.

Al cabo de seis días de camino sin que nada sucediese, les cogió la noche entre unas espesas encinas. Allí unos bandoleros los rodearon y les dijeron en lengua catalana que no se movieran hasta que llegase su capitán.

Como sorprendieron al caballero desarmado, no pudo defenderse. ¡Y les quitaron todo lo que llevaban!

Enseguida llegó su capitán, Roque Guinart. Tendría unos treinta y cuatro años, robusto, de mirar grave. ¡Y había oído hablar de don Quijote!

Se puso tan contento de conocerlos en persona, que mandó que les devolvieran todo lo que les habían quitado. Además les invitó a quedarse unos días con ellos.

Así vivieron de cerca los peligros de la vida de los bandoleros, muchos más que los de los caballeros andantes, según le
pareció al hidalgo manchego.

Roque escribió a un amigo suyo barcelonés, rogándole que
recibiera al famoso don Quijote de la Mancha, aquel caballero
andante del que se decían tantas cosas.

Por caminos ocultos y por atajos, Roque Guinart llevó a don Quijote y Sancho a la playa de Barcelona, la víspera de san Juan, bien entrada la noche, y se despidió de ellos con grandes abrazos.

Allí quedaron hasta que empezó a amanecer. ¡Entonces vieron por primera vez el mar!

# BARCELONA, Y LA ÚLTIMA Y DESASTROSA BATALLA DE DON QUIJOTE

En esto, llegaron a su encuentro unos caballeros, avisados por Roque. Uno de ellos les dio solemnemente la bienvenida:

—Bienvenido a nuestra ciudad el espejo, el farol, la estrella y el norte de toda la caballería andante. Bienvenido sea el valeroso don Quijote de la Mancha.

Los llevaron a la ciudad, acompañándoles con música y redobles de tambores.

El amigo de Roque, don Antonio Moreno, les ofreció su casa. Era un caballero rico y los trató con mucho afecto y cortesía. Se divirtió con las gracias de caballero y escudero, y con alguna broma que les gastó…

Su mujer, una dama hermosa y alegre, organizó una fiesta para que sus amigas pudieran conocer al caballero. Lo sacaron a bailar y… al pobre, poco acostumbrado a fiestas cortesanas, lo dejaron molido. Había que ver la figura de don Quijote, largo, flaco, amarillo, y muy poco ligero en la danza. Al poco tuvo que sentarse en mitad de la sala, completamente agotado, y de allí lo llevaron en brazos a la cama.

Otro día don Antonio sacó a pasear por la ciudad al caballero, pero sin armas, con una especie de casulla de paño, que le hizo sudar muchísimo en el verano barcelonés.

Sus criados le habían cosido en la espalda un pergamino que decía: *Éste es don Quijote de la Mancha*.

Como todos lo leían, repetían:

—Éste es don Quijote de la Mancha.

Y el caballero estaba asombradísimo de que todo el mundo lo conociera.

Otro día salió él a ver la ciudad a pie, con Sancho. Yendo por una calle, vio una imprenta y entró en ella porque nunca había estado donde se imprimían libros.

Vio cómo los componían y cómo los corregían. Saludó al traductor al castellano de un libro italiano, y de pronto vio nada menos que la *Segunda parte del ingenioso hidalgo don Quijote de la Mancha*.

Era un libro falso hecho con otro don Quijote y otro Sancho, del que ya tenía noticia el caballero. Enfadado de ver impresa esa mentira, salió de la imprenta.

*...le habían cosido*
*en la espalda un pergamino*

Ese mismo día don Antonio le llevó a la playa a ver las galeras. Avisó al general que las mandaba, y éste le recibió con toda solemnidad, con música y gritos de los marineros. ¡Hasta disparando el cañón de la nave capitana!

Todo ello dejó admirados a don Quijote y Sancho, a quienes les parecía vivir en el mundo de los maravillosos libros.

Una mañana, saliendo el caballero a pasearse por la playa armado con todas sus armas, que es como le gustaba ir, vio venir hacia él un caballero. También iba armado de punta en blanco, con un escudo que tenía una luna resplandeciente.

Éste, acercándose, le dijo en altas voces:

—Insigne caballero don Quijote de la Mancha, yo soy el Caballero de la Blanca Luna. Vengo a probar la fuerza de tu brazo, para hacerte confesar que mi dama, sea cual fuera, es sin comparación más hermosa que tu Dulcinea del Toboso. Si admites pelear y yo te venzo, sólo pido que te retires un año a tu aldea sin buscar aventuras. Y si tú me vences, quedará a tu voluntad mi cabeza, y pasarán a ser tuyos mis armas, caballo y fama.

Don Quijote aceptó enseguida el desafío.

Los caballeros se arremetieron sin que trompeta ni señal alguna se lo indicara.

El caballo del de la Blanca Luna era más ligero que Rocinante y llegó antes al encuentro de don Quijote. Le dio tal empujón, sin tocarle con la lanza, que Rocinante y el caballero acabaron por el suelo en una peligrosa caída. Le puso luego la lanza sobre la visera y le dijo:

—Vencido sois, caballero. Aceptad las condiciones de nuestro desafío.

Don Quijote, molido y aturdido, sin alzarse la visera, como si hablara dentro de una tumba, con voz debilitada y enferma, dijo:

—Dulcinea del Toboso es la mujer más hermosa del mundo, y yo soy el más desdichado caballero de la tierra. Aprieta la lanza, caballero, y quítame la vida, pues me has quitado la honra.

—Eso no haré yo —dijo el de la Blanca Luna—. Viva la fama de la hermosura de la señora Dulcinea del Toboso. Me contento con que el gran don Quijote se retire a su aldea un año.

*...quítame la vida,*
*pues me has quitado la honra*

Don Quijote respondió que lo cumpliría como caballero. Y
al oír estas palabras, el de la Blanca Luna volvió las riendas de
su caballo y a medio galope entró en la ciudad.

Levantaron a don Quijote, que estaba pálido. Rocinante ni
podía moverse. Sancho se sentía tristísimo.

Así llevaron a don Quijote a casa de don Antonio Moreno y
lo dejaron maltrecho en cama.

Mientras tanto, el caballero barcelonés había seguido al de
la Blanca Luna hasta su mesón, deseoso de saber quién era.

A solas, desarmado, le confesó que era el bachiller Sansón Carrasco, vecino del pueblo de don Quijote. Le contó que sólo quería que el caballero reposara para que sanara de su locura. Y le narró cómo otra vez ya lo había intentado, como Caballero de los Espejos, y que todo le había salido al revés, porque había sido vencido y no vencedor.

Don Antonio Moreno no pudo menos que exclamar:

—¡Dios te perdone el daño que has hecho a todo el mundo, al querer volver cuerdo al más gracioso loco que hay en él!

# LA VUELTA A CASA Y LAS ÚLTIMAS PALABRAS DE DON QUIJOTE

Seis días estuvo en cama don Quijote, triste y pensativo. No podía olvidar el desdichado suceso de su derrota.

Sancho le consolaba como podía:

—Señor mío, alégrese y dé gracias al cielo. ¡Que no salió con ninguna costilla rota! Volvamos a nuestra casa y dejémonos de andar buscando aventuras por tierras y lugares que no conocemos.

Y así lo hicieron al poco, en cuanto el caballero se recuperó de la caída y tras despedirse con abrazos emocionados de su anfitrión barcelonés.

Don Quijote iba desarmado, y Sancho a pie, porque el asno cargaba con las armas.

Al salir de Barcelona, el caballero se volvió a mirar el sitio donde había caído y dijo:

—¡Aquí mi desdicha, no mi cobardía, se llevó mis alcanzadas glorias! ¡Aquí cayó mi ventura para jamás levantarse!

Y fue verdad, porque iba a iniciar su último camino.

Al ver que Sancho seguía sin darse los esperados azotes, un día le ofreció pagarle lo que le pidiera por cada uno de ellos.

El escudero abrió las orejas un palmo ante el ofrecimiento y empezó a hacer sus cuentas: ¡eran tres mil trescientos azotes! Y no sólo aceptó, sino que decidió hacerlo cuanto antes.

Al anochecer entraron en un bosquecillo. Allí Sancho, desnudo de medio cuerpo, empezó a azotarse.

Se había retirado unos veinte pasos de donde estaba su señor. Y tras darse seis u ocho azotes, sintió tanto dolor que le gritó a su amo que tenía que subir el precio medio real por unidad.

—Prosigue, Sancho amigo, que yo doblo el precio —aceptó su señor.

Ciertamente, siguió con mayor fuerza y rapidez. Pero en vez de darlos a sus espaldas, golpeaba un tronco de árbol. Él ponía los suspiros. Y eran tales, que su señor temió que el castigo fue-

ra excesivo y le rogó que parara. Había contado más de mil azotes y era mejor seguir otro día.

La noche siguiente, Sancho se dio de la misma forma los restantes azotes. Y así logró el desencanto de Dulcinea ante la satisfacción de su señor. ¡Desde entonces estuvo esperando don Quijote encontrarse por el camino a su señora con toda su belleza y esplendor!

Así llegaron a su aldea.

Todos los recibieron con los brazos abiertos.

Sin embargo, don Quijote pidió que le llevaran a la cama porque no se encontraba bien.

Sea por el dolor de sentirse vencido, sea porque le había llegado su hora, unas fiebres lo postraron en el lecho y ya no se levantó.

El ama, su sobrina y su escudero empezaron a llorar tiernamente. Don Quijote, muy sosegado, pidió que lo dejaran solo, que quería dormir un poco.

Durmió de un tirón seis horas. Al despertar, había recobrado el juicio.

Dijo sentir la muerte muy cercana y quiso confesarse y hacer testamento.

Ante todos sus amigos, a los que había reunido, exclamó:

—¡Buenos señores, ya no soy don Quijote de la Mancha, sino Alonso Quijano el Bueno!

Y en tres días, se fue apagando poco a poco el hidalgo manchego.

Este fin tuvo el ingenioso hidalgo de la Mancha.

Y si Cide Hamete no quiso decir cuál era su aldea, fue para que todos los pueblos de la Mancha lucharan por alcanzar esa gloria. ¡Como así sucedió! Vale.

# ÍNDICE

Don Quijote de la Mancha ........................................ 7

Don Quijote, armado caballero ........................................ 14

Un desafío nunca visto ........................................ 24

La lamentable vuelta a casa ........................................ 29

La espantable aventura de los molinos de viento ........................................ 34

Lluvia de palos ........................................ 40

Una extraña visita nocturna ........................................ 44

Sancho por los aires ........................................ 54

Los dos espantosos ejércitos ........................................ 59

Una larga noche llena de extraños y horribles ruidos ........................................ 69

El maravilloso yelmo de Mambrino ........................................ 74

La meritoria penitencia de don Quijote ........................................ 79

El cura y el barbero entran en la historia ........................................ 82

La princesa Micomicona y el encantamiento de don Quijote ........................................ 91

## SEGUNDA PARTE

Vuelta a las andanzas ........................................ 107

El encantamiento de Dulcinea ........................................ 113

La gran batalla con el bravo Caballero de los Espejos ........................................ 119

El Caballero del Verde Gabán, y la espantosa y desatinada
aventura de los leones ........................................ 130

El maravilloso encuentro con los duques ........................................ 139

El desencanto de Dulcinea y los azotes de Sancho ........................................ 144

Las barbas de la Trifaldi y el vuelo de Clavileño ........................................ 158

El durísimo gobierno de la isla ........................................ 166

La inesperada invitación de los bandoleros ........................................ 175

Barcelona, y la última y desastrosa batalla de don Quijote ........................................ 180

La vuelta a casa y las últimas palabras de don Quijote ........................................ 190

*El ingenioso hidalgo don Quijote de la Mancha*
**Novela de Miguel de Cervantes**

(Versión para niños adaptada por Rosa Navarro Durán)